# La p météo

de Frédéric Lenormand
illustré par Frédéric Pillot

# CHAPITRE 1

Pendant longtemps, tout alla pour le mieux dans le royaume du bon roi Georges. C'était un tout petit pays : il ne comptait guère qu'un seul village, un étang, une forêt et un gros château sur une colline. Dans la forêt vivait un gibier abondant. Dans les champs, les cultures poussaient presque toutes seules. Quant au roi, il ne faisait jamais la guerre, si bien que ses sujets vivaient heureux.

Un jour que le soleil brillait haut dans le ciel et que les oiseaux chantaient dans les arbres, la fille du bon roi Georges organisa un pique-nique.

En route, elle croisa une fillette qui lui demanda si elle pouvait venir avec elle. La princesse, qui avait déjà ses serviteurs pour la distraire, ne lui répondit même pas et passa son chemin. Quelques minutes plus tard, elle dégustait des œufs durs, assise sur la nappe à carreaux où l'on avait disposé des soupières en porcelaine, des flacons en cristal et des couverts en argent. Elle sentit tout à coup quelque chose de froid sur sa main.

– Tiens ! dit-elle. Un flocon de neige ! En cette saison ?

À peine eut-elle prononcé ces mots qu'un tapis de neige commença à recouvrir l'herbe autour d'elle. En quelques instants, les fleurs disparurent sous un épais manteau blanc. La princesse et ses serviteurs se mirent à grelotter, ils commençaient à se changer en bonshommes de neige vivants. Il fallut remballer à toute vitesse et courir se réfugier à l'intérieur du château, où on alluma un grand feu pour se réchauffer.

Le lendemain, la reine fit remarquer à son mari qu'il ne restait plus de viande dans le garde-manger. Le roi revêtit sa tenue de chasse et s'en alla dans la forêt, entouré de ses chasseurs et de ses chiens. Ils aperçurent de loin une petite fille qui tendait des poignées d'herbes à une jeune biche accompagnée de ses faons. Alors qu'ils s'apprêtaient à poursuivre les superbes animaux, un vent terrible se leva.

Les chasseurs durent se cramponner aux arbres pour ne pas tomber. Plusieurs chiens furent emportés par une tornade, tandis que la couronne du roi s'envolait dans les airs. Sire Georges regagna à grand-peine le château en courbant la tête sous les rafales. On dut se contenter d'une soupe de légumes pour le dîner.

Dès que le beau temps fut revenu, la reine convoqua toutes les villageoises, petites et grandes, pour l'aider à accomplir son grand nettoyage de printemps. On sortit les tapis sur le gazon pour les battre. La poussière qui s'envolait les aveuglait et se collait dans leur gorge. Le ciel devint soudain très sombre. Il y eut un coup de tonnerre assourdissant. Une pluie serrée se mit à tomber, trempant couvertures, draps et tapis, au grand désespoir de la reine. C'en était trop pour son mari.

– Le temps est complètement déréglé ! s'écria-t-il. Convoquez-moi tous les savants du royaume !

CHAPITRE 2

Tous les savants de la région se hâtèrent de venir étudier le phénomène. Ils firent des calculs compliqués, remplirent la salle du trône d'instruments bizarres, réfléchirent et discutèrent pendant des jours. Ils étalèrent partout leurs papiers, qu'ils examinaient à travers leurs grosses lunettes en triturant les poils de leurs barbes blanches. Mais rien de tout cela n'empêchait la température de monter ou de descendre sans prévenir. Le roi les fit tous jeter dehors avec leurs instruments. Le lendemain, sire Georges mit un pied dehors et reçut un gros grêlon sur le haut du crâne. Furieux, il fit annoncer dans toute la contrée qu'il offrait une forte récompense à qui résoudrait ce problème.

Des magiciens vêtus de costumes multicolores se présentèrent alors. Ils se mirent à observer les étoiles. Ils étudièrent le signe astral du roi, celui de la reine, celui de la princesse, et même celui de son petit chien, de son canari et de son poisson rouge. Mais cela ne les aida pas à trouver ce qui déréglait le temps. Aussi le roi les mit-il à la porte comme les autres, avec leurs lunettes astronomiques et leurs grimoires.

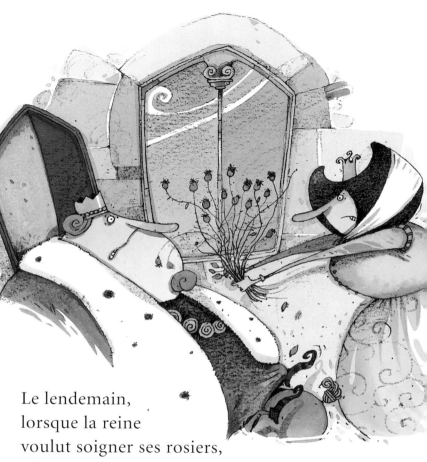

Le lendemain,
lorsque la reine
voulut soigner ses rosiers,
elle constata que le vent avait arraché tous
les pétales. Elle fit un gros bouquet de tiges
sans fleurs, qu'elle déposa sur les genoux de
son mari. Horrifié, sire Georges envoya les
crieurs annoncer qu'il doublait la somme
promise.

Une multitude de sorciers et de sorcières au nez crochu arriva au château. Tous mirent de grosses marmites à bouillir dans la cheminée de la grande salle. Les fumées épaisses et colorées qui en sortaient faillirent étouffer le roi. Cela ne fit que mettre du désordre et de la saleté partout. Leurs chats noirs faisaient leurs griffes sur les coussins brodés, les corbeaux nichaient sur les armoires, les hiboux laissaient leurs besoins n'importe où. La reine les chassa tous à coups de balai.

En désespoir de cause, le roi fit fabriquer un grand nombre de pancartes, que l'on accrocha partout, sur les murs, sur les arbres, et même sur le dos des vaches qui paissaient dans les prés. On pouvait y lire qu'une récompense absolument gigantesque attendait celui qui saurait résoudre leur problème.

CHAPITRE 3

Le matin suivant, un petit garçon vint sonner **17**
à la porte du château. Il tenait à la main une
pancarte plus haute que lui qu'il avait
décrochée d'une vache. Dans la salle du
trône, le roi s'ennuyait, car il n'osait plus
mettre un pied dehors. Comme il n'y avait
plus ni savant, ni magicien, ni sorcier, ni
aucun autre visiteur, on introduisit l'enfant
sans plus tarder.

– Parle ! lui lança le roi de sa grosse voix.
Dis-moi ce que tu sais !

Le petit garçon voulut d'abord savoir en
quoi consistait la récompense. Le roi avait

prévu d'offrir son poids en or à celui qui lui fournirait la solution. Comme il avait affaire à un enfant, il décida de faire des économies et déclara que la récompense consisterait en un sac de friandises aussi gros que le garçon.
– Tope là ! répondit aussitôt ce dernier d'un air sérieux.

Il expliqua que la responsable était une fillette du village nommée Margaux : elle avait le pouvoir de faire changer le temps selon son humeur. Tous les enfants du voisinage le

savaient bien. Seules les grandes personnes l'ignoraient, parce que, comme chacun sait, les grandes personnes ne croient jamais ce que disent les enfants. Le roi non plus n'avait guère l'habitude d'écouter les enfants. Mais comme il avait déjà entendu beaucoup de sottises de la part des savants, des magiciens et des sorciers, comme il était désespéré, et comme, pendant un court instant, le soleil brilla, il décida d'aller se rendre compte par lui-même.

– Je te préviens, annonça-t-il. Si tu m'as menti, au lieu de recevoir ton poids en bonbons, tu recevras un sac de cailloux à porter jusque chez toi en guise de punition.

Sûr de lui, le garçon le conduisit à une humble chaumière entourée d'un superbe jardin où poussaient des fleurs magnifiques. Il fit signe au roi de rester caché derrière un muret. De là, ils pouvaient observer un groupe d'enfants qui jouaient sur l'herbe.

– C'est elle, dit-il en désignant la fillette que le roi avait croisée à la chasse.

À peine eut-il prononcé ces mots que cette dernière glissa et tomba dans une mare pleine de boue, dont elle ressortit toute sale. À l'instant, une pluie de grêlons s'abattit juste à l'endroit où sire Georges s'était caché.

– C'est extraordinaire ! dit le roi en courant s'abriter sous un arbre. Qu'on m'amène immédiatement cette gamine !

Et il rentra chez lui, suivi du petit garçon qui réclamait sa récompense.

CHAPITRE 4

Le beau temps venait juste de revenir quand les soldats du roi se présentèrent à la porte de la chaumière, tout casqués et armés, comme s'ils s'apprêtaient à combattre un dragon. Sans donner aucune explication, ils empoignèrent la fillette et la traînèrent à l'extérieur comme un paquet de linge sale. Ils la poussèrent à l'intérieur d'un carrosse, qui partit au galop dans la direction du château, tandis que les parents, inquiets, suivaient à pied. Le ciel devint alors tout noir et une affreuse tempête éclata, si bien que le cortège mit plus d'une heure pour parcourir le chemin qui montait le long de la colline.

La grille du parc se referma au nez des parents de Margaux. Dans la salle du trône, sire Georges tapotait nerveusement le bras de son grand fauteuil doré en se disant qu'il était fou de croire à cette histoire de sortilège.

– Il paraît que c'est toi qui dérègles le temps ! mugit-il de sa grosse voix quand on lui eut amené la fillette. Explique-moi tout de suite comment tu fais !

À l'entendre gronder, à voir son air furieux,

Margaux prit peur et se mit à sangloter. Aussitôt, une pluie fine tomba dans la salle du trône.

– Arrête ça immédiatement ! hurla le roi en essayant de s'abriter sous son manteau d'hermine.

Mais Margaux redoubla de sanglots, et ce fut cette fois une pluie torrentielle qui s'abattit sur eux. Il y eut même quelques éclairs, alors qu'à l'extérieur le ciel restait tout bleu. Une mare se forma sur le dallage. Des canards vinrent nager entre les meubles à la recherche de poissons et de vers de vase. Le roi pataugea vers la sortie, mais il glissa sur une dalle humide et s'étala dans l'eau avec un grand « plaf ». Lorsqu'il se releva, avec ses cheveux collés sur les yeux et sa couronne de travers, il était si drôle que la fillette arrêta de pleurer et se mit à rire. Un temps radieux revint dès lors sur la salle du trône, si bien que le roi dut chausser des lunettes de soleil.

Les serviteurs rejetaient l'eau par les fenêtres à l'aide de seaux. La reine chassait les grenouilles qui sautaient partout, et le petit garçon continuait de réclamer à grands cris la récompense promise. Après avoir réfléchi un instant, le roi lui fit remettre un sac contenant un million de friandises.

– Quant à la rieuse, je la garde au château, déclara-t-il, mais dans un chuchotement, pour éviter que sa grosse voix ne la fasse pleurer de nouveau.

Il lui fit préparer une belle chambre, tout en haut du donjon, avec vue sur le royaume tout entier. On remplit la pièce de jouets qui appartenaient à la princesse, malgré les protestations de celle-ci.

Le roi donna l'ordre qu'on obéisse au moindre souhait de son invitée et qu'on fasse tout son possible pour qu'elle soit toujours de bonne humeur. Puis il donna deux tours dans la serrure du donjon et pendit la clé autour de son cou. Ainsi, il était bien certain qu'il ne pleuvrait jamais plus sur ses parties de chasse.

CHAPITRE 5

**M**argaux ne sortait du donjon qu'au milieu des serviteurs chargés de la surveiller. Lorsque le roi voulait aller chasser, il commandait à son fou de faire des grimaces pour la faire rire. Quand la reine voulait faire sécher son linge, elle faisait servir à Margaux un plat de haricots cuits à l'eau, ce qui faisait juste assez de peine à l'enfant pour qu'un petit vent se lève. La princesse en profitait alors pour jouer au cerf-volant, mais cela ne l'amusait plus autant qu'avant, puisque tous ses serviteurs étaient occupés à surveiller la rieuse.

Margaux ne voyait ses parents que de loin : ils passaient le plus gros de leurs journées derrière la grille du parc, à brandir des pancartes où était écrit : « Rendez-nous notre enfant ! » Elle se forçait alors à sourire pour qu'ils aient au moins beau temps.

Les paysans ne tardèrent pas à les rejoindre : il faisait trop beau, ils avaient besoin de pluie pour faire pousser leurs cultures. La princesse, jalouse de l'attention qu'on portait à cette petit paysanne, suggéra de l'enfermer dans un placard tout noir. Aussitôt, la pluie se mit à tomber et chacun fut content, sauf bien sûr la pauvre Margaux, qui pleurait toute seule dans son placard.

Petit à petit, le beau temps se fit de plus en plus rare. Le ciel était souvent couvert de nuages gris. Le roi ne comprenait pas pourquoi : chacun prenait bien soin qu'aucun événement désagréable n'arrive à la rieuse, en dehors des séances de placard.

Le château fut bientôt menacé par une inondation : l'étang commençait à déborder. Les serviteurs firent mille tours pour faire rire Margaux. Le roi lui-même apprit à faire sortir un œuf d'une oreille. Mais rien ne changea. Quand on lui expliqua qu'elle allait être responsable d'une catastrophe, la rieuse eut si peur que l'eau de l'inondation gela instantanément. Tout le monde eut les pieds coincés dans la glace, on aurait dit des épouvantails qui agitaient les bras.

Le petit garçon regretta d'avoir révélé le secret de son amie. Il rapporta le sac de bonbons encore à moitié plein et demanda qu'on la libère. Sire Georges le fit jeter dehors, ce qui provoqua encore une grosse tempête, parce que Margaux avait tout vu du haut de son donjon.

CHAPITRE 6

**D**ésespéré, le roi convoqua tous les comiques du pays. Ce fut dès lors à qui raconterait les histoires les plus drôles, exécuterait les cabrioles les plus difficiles, se livrerait aux jongleries les plus étonnantes, inventerait les grimaces les plus grotesques. Rien n'y fit, Margaux refusait obstinément de s'amuser.

Le roi la couvrit de cadeaux. La princesse, qui en avait assez de rester entre quatre murs à cause de la pluie, alla même jusqu'à lui offrir sa plus belle poupée. En vain. C'était d'amitié et de liberté que la fillette avait besoin, pas de farces ni de jouets.

On ne savait plus s'il était midi ou minuit,
tant le ciel était noir. Le roi se décida enfin à
faire chercher ses amis au village. Du plus
loin qu'elle les vit, Margaux arrêta de pleurer.
Le vent froid qui balayait le royaume arrêta
de souffler.

Quand ils furent à la porte du château, elle commença à sourire, et la pluie s'interrompit. Lorsqu'ils gravirent en courant l'escalier du donjon, elle éclata de rire. À chaque éclat de rire, l'un des nuages qui obscurcissaient le ciel se dissipait. Une lune énorme apparut, si brillante qu'il fit grand jour au milieu de la nuit. Derrière la grille du parc, les parents de Margaux surent que leur fille allait bientôt revenir chez eux.

Sire Georges comprit qu'il n'avait fait que des erreurs. Il fit raccompagner Margaux chez elle dans son carrosse rempli d'enfants et s'en fut se coucher sans plus chercher à diriger le temps.

Dès lors, tant que le soleil brillait, le roi savait que Margaux était heureuse.